LE CODE

DES AMANS;

POEME HEROIQUE.

1739.

LE CODE

DES AMANS;

POEME HEROIQUE,

DIVISÉ EN TROIS CHANTS.

Par M. V***.

A PARIS,

Chez SEBASTIEN JORRY, Quai des Augustins,
près le Pont S. Michel, aux Cigognes.

M. DCC. XXXIX.
AVEC APPROBATION ET PERMISSION.

LE CODE

DES AMANS,

POÈME HEROIQUE,

Divisé en trois Chants.

CHANT I.

 UISQU'AUJOURD'HUI l'amour est un
mal nécessaire ;
Je chante la méthode & d'aimer & de plaire :
J'en donne des leçons aux plus tendres amans
Pour faire leurs plaisirs & finir leurs tourmens.

O vous, qui n'aspirez qu'à faire une maîtresse,
Vous, que le feu de l'âge excite à la tendresse,
Si votre destinée est d'aimer en naissant,
Ne marchez pas sans guide en ce chemin glissant :

A

Mille cœurs aujourd'hui malheureux dans leurs chaînes,
Eprouvent de l'amour les plus cruelles peines,
Qui se verroient contens, & beniroient leurs fers,
Si pour sçavoir aimer, ils avoient lû mes Vers.
Soyez à leurs dépens plus prudens & plus sages,
Evitez des écuëils fameux par leurs naufrages,
Etudiez les loix de l'empire amoureux
Et vous rendez parfaits pour devenir heureux.
Dans un si haut dessein seconde mon audace,
Amour, j'ignore encor les sentiers du Parnasse,
Phébus ne m'a jamais prêté qu'un foible appui ;
Mais c'est toi que j'invoque, & tu peux plus que lui,
Plus divin qu'Apollon, plus fécond qu'Hypocréne,
En embrassant mon cœur, viens échauffer ma veine ;
Fais-moi, pour les décrire, éprouver tes douceurs,
Et tu me tiendras lieu de toutes les neufs Sœurs.
Et vous, belle N..... objet de ma tendresse,
Vous, que j'ose en ces vers appeller ma maîtresse,
Vous, qui donnant naissance à mes premiers desirs
Apprîtes à mon cœur l'usage des soupirs :
D'un Poëte amoureux si l'ardeur vous est chere,
Approuvez un projet qui ne tend qu'à vous plaire ;
Donnez votre suffrage à cet empressement,
Et me favorisez d'un regard seulement.
Sur-tout dans mes écrits, de leur titre allarmée,
Ne craignez point d'ardeur follement exprimée ;
Je chanterai l'amour en termes innocens,
Tel que vous l'inspirez, & tel que je sens :
Loin d'ici, vains discours, frivole badinage,
La sévere N..... doit lire cet ouvrage,

Son esprit, ses appas, tout a sçu m'engager,
Comme auteur, comme amant, je dois la ménager :
Elle ne peut souffrir qu'une muse ingénuë
Ose peindre Venus à ses yeux toute nuë,
Et si trop de licence offensoit sa pudeur,
L'amant seroit puni des crimes de l'Auteur.

Que notre soin d'abord, soit le choix d'une belle,
Consultons notre cœur sur ce qu'il sent pour elle,
Et sans qu'un seul coup d'œil ait droit de nous charmer,
Tâchons de la connoître avant que de l'aimer.
C'est de ce premier choix que dépend tout le reste ;
Il doit nous rendre heureux ou nous être funeste,
Et suivant qu'il est fait plus ou moins à propos
Assurer de nos jours, ou troubler le repos.

Cependant à ce choix rarement on s'occupe ;
De ses premiers transports le cœur devient la dupe,
Et semble appréhender dans cet ardent desir
De manquer pour l'amour d'objet, ou de loisir.
De-là vient que souvent une prompte inconstance
Etouffe dans les cœurs l'amour dès sa naissance,
Ou qu'enfin s'il s'obstine à des soins amoureux,
Tout le fruit qu'il en tire, est un sort rigoureux :
Evitez cet effet d'une ardeur trop subite,
Et faites-vous un choix que rien ne précipite.
Dans ce champ spacieux hâtez-vous lentement,
Aimez, mais que ce soit avec discernement :
Ne craignez point qu'amour vous oublie ou se lasse,
Ou qu'un autre plus prompt obtienne votre place ;

Chacun doit à son tour éprouver ses appas,
Et cet heureux moment ne vous manquera pas.

Tout objet sans défaut, toute belle adorable,
Aux yeux de tout amant ne peut paroître aimable ;
Un cœur que pour un autre amour a destiné
S'il choisit autrement se rend infortuné.
Alcidon est heureux, Celimene est contente,
Et tous deux l'un de l'autre ont bien rempli l'attente ;
Mais tous deux s'ils avoient formé d'autres desirs
Avec même mérite, auroient moins de plaisirs.

Notre bonheur dépend d'une étoile secrete :
Chacun suit son penchant qui lui sert d'interprête,
C'est ce charme inconnu qui doit seul nous unir,
Et c'est lui résister que de le prévenir.
Ce n'est pas que j'aprouve un excès de sagesse
Qui nous fait sans aimer passer notre jeunesse,
Ni ces cœurs incertains qui d'eux seuls satisfaits,
De peur de mal choisir ne choisissent jamais :
Mais je veux qu'un amant, dont l'ame est prévenuë,
Ne le déclare pas à la premiere vuë ;
Ni qu'entraîné d'abord par un simple regard
Il n'aille pas pousser des soupirs au hasard.

Du tendre Licidas telle est l'ardeur extrême,
Ses premiers complimens sont toujours ; je vous aime :
Il le dit en tout tems ; mais chacun juge bien
Qu'à force d'aimer tout, il n'aime jamais rien ;
Aussi mille beautés dont il est la conquête,

Font peu de cas d'un cœur qu'il leur jette à la tête,
Et qui vaincu d'abord sans avoir résisté,
Aime moins par amour que par civilité.

Fuyez donc cet excès ; d'un cœur aussi volage
Le sexe n'admet point l'injurieux partage.

Soyez un peu moins prompt, pour être plus constant,
Aimez moins aisément, pour aimer plus long-tems :
Si le teint de Philis, si ses yeux pleins de charmes,
Semblent vous condamner à lui rendre les armes ;
Avant de vous soumettre à cet objet vainqueur,
Examinez son air, ses manieres, son cœur ;
Voyez si son humeur à la vôtre assortie
Peut, en vous, des amans former la sympathie,
Si ses attraits charmans méritent vos transports ;
Et si l'esprit enfin ne dément point le corps.
Alors, si tout en vous augmente votre estime,
Donnez-lui sur votre ame un pouvoir légitime ;
Dites-lui d'un air tendre & d'amour transporté,
C'en est fait, je vous aime, adieu ma liberté.

Au reste, pour trouver dans l'amoureux empire
Des objets pleins d'appas, & dignes qu'on soupire,
Et qui de Venus même égalent les beautés,
N'allez point parcourir les climats écartés :
La France de tout tems en miracles féconde,
En offre plus aux yeux que le reste du monde ;
Et si l'amant d'Helene eût connu ce séjour,
Il n'eût point, pour la Gréce, abandonné sa Cour :

Là vous pourrez trouver dans l'ardeur qui vous preſſe
En mille objets divers , matieres de tendreſſe.
Pourvû que ménageant & vos pas & vos yeux ,
Vous en ſçachiez connoître & le tems & les lieux ,
Chaque endroit a ſes ſoins, ſes emplois, ſes myſteres ;
L'un eſt pour les plaiſirs , l'autre eſt pour les affaires ;
Le vin , le jeu , la chaſſe ; ont chacun leur ſéjour ,
Et tous lieux ne ſont pas deſtinés à l'amour.
Un chaſſeur ſçait des bois les routes inconnuës ,
Un plaideur du Palais connoît les avenuës ,
Un buveur des bons vins ſçait les cantons vantés ,
Un amant ſçait des belles les lieux fréquentés.
Il eſt d'heureux endroits pour la galanterie ,
Tels que ſont les Concerts , le Bal , la Comédie ;
C'eſt là que cent beautés vont d'une égale ardeur ,
Entre mille vaincus ſe choiſir un vainqueur.
Le plaiſir les raſſemble & l'amour y préſide ,
Suivez ce Dieu des cœurs , & le prenez pour guide.
Là parmi les ſujets qui compoſent ſa Cour ,
Cherchez une beauté digne de votre amour.
Je ne vous preſcris point qu'elle ſoit blonde ou brune ,
Qu'elle ait la taille haute , ou qu'elle ſoit commune ;
Qu'elle ait les yeux brillans , ou qu'elle ait les yeux doux ,
Qu'importe , tout cela ne dépend que de vous :
Les gouts ſont différens , chacun ſuit ce qu'il aime ,
Ce caprice eſt permis contre la beauté même ;
Et j'ai vû préférer dans l'empire des cœurs
A de fades beautés d'engageantes laideurs.

Un choix eſt toujours beau quand ſon auteur s'en louë ,

Jufques dans fes défauts la nature fe joüe ;
Elle a fait à N. . . . certain tour dans les yeux ,
Qui dans N. . . . peut-être eft ce qu'on aime mieux :
Cette charmante erreur lui donne un air fi tendre ,
Qu'il ne faut que la voir pour s'y laiffer furprendre :
Non . . . . des plus droits regards la vulgaire beauté
Ne vaudroit pas des fiens l'irrégularité.

Ainfi de notre amour comme de notre haine ,
La raifon la plus forte eft toujours incertaine ;
Et ce qui fait aimer , & ce qui fait haïr ,
Ne fe fait point connoître , & fe fait obéïr.
Souvent à deux amans par un effet contraire ,
Une même beauté fçaura plaire ou déplaire ;
L'un dira , quoi ? peut-on lui trouver tant d'appas ?
Et l'autre s'écriera ; peut-on ne l'aimer pas ?
Tous deux auront raifon , l'amour les juftifie ,
Et d'un choix inégal permet la fantaifie ;
C'eft ainfi qu'en dépit de toute fa beauté
On vit par fon valet Joconde fupplanté.
Aimez donc pour vous feuls , & non pas pour les autres ,
Sans en croire leurs yeux , fatisfaites les vôtres ;
Mais quand vous aurez vû ce qui vous plaît le mieux ,
Soumettez à l'efprit le jugement des yeux.
Par eux du cœur d'autrui l'on croit voir la franchife ,
Par eux le même cœur en autrui fe déguife ;
Souvent ils font trompeurs en un objet charmant ,
Souvent ils font trompés en un crédule amant.

Je vous l'ai déja dit , fans beauté l'on peut plaire ;

Mais les défauts du cœur ne se pardonnent guere;
A la seule vertu vous devez votre amour ,
Et pour la distinguer il vous faut plus d'un jour :
Aux yeux , en un moment la beauté peut paroître ;
Mais l'ame est à l'esprit moins facile à connoître ;
L'une aime à se produire , & l'autre à se cacher ;
L'une enfin se fait voir , l'autre se fait chercher.
Heureux , heureux cent fois qui trouve en sa maîtresse ,
Dans un corps sans défaut une ame sans foiblesse ;
Et qui de tout en elle épris également ,
Voit d'accord son penchant & son discernement ;
Mais c'est peu qu'un amant par ce choix équitable ,
En un objet aimé trouve un objet aimable ,
S'il a si bien choisi ce qui doit l'enflâmer ,
Il faut qu'il sçache encore l'art de se faire aimer.

Fin du premier Chant.

CHANT II.

CHANT II.

CET art n'eſt pas commun, & l'amant le plus tendre
N'eſt pas toujours celui qui peut mieux le comprendre,
Outre un cœur amoureux, il faut un air galant,
Aimer, n'eſt qu'un tranſport; mais plaire eſt un talent,
La nature le donne, & cet heureux partage
Doit encore avec ſoin être mis en uſage;
Tel que l'or précieux, il le faut éprouver,
Tel qu'un heureux terrain il le faut cultiver;
En préceptes certains cet art ſe peut réduire,
Ovide le premier a ſçû nous en inſtruire:
J'explique les leçons qu'il dictoit autrefois,
Ecoutez, & croyez qu'il parle par ma voix.
Vous aimez, & déja votre cœur qui ſoupire
Brule de déclarer ſon amoureux martyre:
Sçachez donc qu'il vous faut dans ces premiers momens
Pour faire cet aveu bien des ménagemens;
Que ce n'eſt point la voix qui doit ſe faire entendre,
Mais qu'il eſt un langage & plus doux & plus tendre,
Qui par de petits ſoins qu'on ne peut condamner,
Peut ſeul ſans dire rien ſe faire deviner.

Dès le premier abord, c'eſt ainſi qu'on s'exprime
Un amour trop hardi marque trop peu d'eſtime;
On veut plus de ſilence, & c'eſt un grand défaut
Dans un nouvel amant que de parler ſi haut:

B

Mais quand Tircis foupire auprès de fa Climene ;
Sans ofer lui conter fon amoureufe peine,
Quand fes foins, fes refpects, & fes empreffemens ;
Vers elle de fon cœur font les feuls truchemens :
La belle l'entrevoit, & doublement touchée
De cette paffion, & conçûe & cachée,
Elle veut tenir compte à cet amant difcret
Et de tout fon amour, & de tout fon fecret ;
Alors par fon eftime, & par fa confiance,
Elle fçait l'enhardir à cette confidence ;
L'y conduit, l'y prépare, & lui fait déclarer
Tout ce qu'elle fçavoit, & feignoit d'ignorer.
Dans cette occafion la crainte fe diffipe,
A lui parler d'amour, fa langue s'émancipe,
On l'écoute, on lui rend au gré de fes defirs,
Tendreffe pour tendreffe, & foupirs pour foupirs.
Ainfi, près des beautés pas à pas on avance ;
D'abord tout eft refpect, eftime, complaifance,
Mais ces noms mille fois répetés chaque jour,
Expliquent à la fin ce qui s'appelle amour.

Sur le pied d'un amant, n'ofez donc pas paroître,
Que plus d'un entretien ne vous ait fait connoître ;
Rendez-vous affidu, faites-vous eftimer,
Et quand il fera tems vous vous ferez aimer.
Aujourd'hui le Theatre attire votre belle,
Trouvez-vous, s'il fe peut, des premiers auprès d'elle :
Vous la verrez du moins, & cette occafion
Pourra vous procurer fa converfation.
Là, malgré le bon goût, malgré la voye publique,

Critiquez des Acteurs tout ce qu'elle en critique :
N'en épargnez aucun , & même s'il le faut ,
Dans l'aimable Gauffin , trouvez quelque défaut.
Une belle fouvent ofe à la Comédie ,
Décider bien ou mal , & veut être applaudie ;
Prodiguez-lui l'encens qu'elle femble éxiger ,
Et l'admirez plutôt que de la corriger :
Evitez cependant le bizarre caprice ,
D'abaiffer la vertu pour élever le vice ;
Suivez le droit chemin , & dans vos jugemens ,
Ne faites voir jamais que de beaux fentimens :
Si , par exemple , on joüe Ariane abufée ,
Blâmez , en la plaignant , le parjure Théfée ,
Dites que la Princeffe avoit bien mérité
De trouver dans fon cœur plus de fincérité ;
Enfuite à votre ufage , appliquant vos maximes ,
L'inconftance en amour eft le plus grand des crimes ,
Direz-vous , & jamais , celle qui m'aimera ,
Du choix qu'elle aura fait ne fe repentira.

Si Bérénice en pleurs accufe , fur la fcene ,
Le refus de Titus pour l'hymen d'une Reine ;
Concluez que l'amour eft une paffion ,
Qui dans le cœur des Grands cede à l'ambition ;
Mais ajoutez , pour moi , j'ai l'ame plus commune ;
J'oublirois aifément le foin de ma fortune ,
Et toutes les grandeurs , tous les biens d'ici-bas
Contre un objet aimé , ne me tenteroient pas.
Sur ces beaux fentimens que vous ferez paroître ,
Celle qui vous entend , vous aimera peut-être ,

B ij

Et fe dira tout bas , peut-on s'imaginer ,
Que ce cœur fi bien fait foit encore à donner ?
Je dis plus , & peut-être , en changeant de langage ,
Elle voudra fçavoir celle qui vous engage ,
Et dès-lors profitant d'un entretien fi doux ,
Vous pourrez foupirer & répondre , c'eft vous.
De cet heureux début , fi votre ame ravie ,
Sent de la voir ailleurs une plus forte envie ,
Pour joindre ce plaifir à ceux du Carnaval ,
L'occafion eft belle , allez courir le Bal.
C'eft là que de l'amour on célébre la fête ,
C'eft là que des amans on brigue la conquête ,
Et que chaque beauté tient les yeux attentifs
Sur le nombre des cœurs qu'elle a rendus captifs.
Pour en groffir la foule , on met tout en ufage ,
Et la nature , & l'art confondant leur ouvrage ,
Il n'eft point d'ornement qui ne foit ajouté ,
Il n'eft point de miroir qui ne foit confulté :
On devient oppofée à fa meilleure amie ;
On fent de l'effacer une jaloufe envie ;
Les regards adoucis n'y font point épargnés ,
Et les nouveaux foupirs n'y font point dédaignés ;
Le beau fexe eut toujours cette humeur en partage ,
C'eft le péché mignon , même de la plus fage.
Sur fes plus grands défauts , on veut être flatté ,
Et la moins belle afpire au prix de la beauté ;
Celle que vous aimez , n'en eft point exceptée ,
De fon propre mérite , éblouïe , entêtée ,
Et fiere des attraits dont vous êtes épris ,
Peut-être en un amant , elle cherche un Paris ,

Prenez-la par ce foible , & dans la troupe entiére ,
Avouez qu'elle feule eft capable de plaire ,
Et que rien dans ces lieux ne fe peut égaler
Aux moindres agrémens qu'on lui voit étaler ,
Jufques fur fes atours prodiguez les louanges ,
Admirez les rubans , les bijoux , les fontanges :
» Que ces nœuds font bien mis ! que ces cheveux treffés
» Sont pour dompter les cœurs artiftement placés !
» Que j'aime le deffein de cette garniture !
» Que l'art fçait bien chez vous feconder la nature !
» Quel plaifir de vous voir ! mais qu'il eft dangereux
» Ce plaifir pour un cœur qui craint d'être amoureux !
Si quelqu'un vient alors , l'inviter à la danfe ,
Remarquez fa juftelle à fuivre la cadance ;
Louez fa bonne grace & fon noble maintien ,
En elle admirez tout , en autrui , n'aimez rien.

Voilà comme l'amour peut éclater fans crime ,
Soutenez ces difcours par des marques d'eftime ,
Par de tendres regards , par des foins empreffés ,
Et ne croyez jamais en avoir fait affés ;
Allez après cela , foyez fûr de lui plaire ,
Son cœur à la tendreffe , eft peut-être contraire ;
Mais la reconnoiffance en ce cas agira ,
Et fe croyant aimée , enfin elle aimera.

Cependant le bal ceffe , & la belle vous quitte ;
Mais c'eft d'un air qui femble attendre une vifite,
Et vous dire tout bas quoi ! faut-il dès ce foir
Commencer à s'aimer , & finir de fe voir ?
Eh bien le lendemain , il faut aller chez elle ,

Auffi-bien qu'amoureux lui paroître fidele.,
Et toujours affidu , lui montrer chaque jour
Sa beauté , fon mérite , & même votre amour ;
Jamais pareil difcours n'importune & n'irrite ,
En termes de fleurettes on fouffre la redite ,
Et tout ce qu'on entend fur un fujet fi beau ,
Mille fois répeté , paroît toujours nouveau.

Au refte pour vous rendre aux autres agréable ,
Devenez de vous-même un cenfeur équitable ;
Connoiffez vos vertus pour mieux vous faire aimer ,
Connoiffez vos défauts pour mieux les fupprimer ,
Eftes-vous éloquent ? montrez cette éloquence ,
Plutôt que d'affecter un obftiné filence ;
Sinon moderez-vous , & prenez d'autres foins ,
Ecoutez un peu plus , & parlez un peu moins :
Mais fuyez tout excès , c'eft un fot caractere
Que trop long-tems parler , ou trop long-tems fe taire ,
D'Oronte & de Damis , chacun fuit l'entretien ,
L'un veut prefque tout dire , & l'autre prefque rien ;
Ils fatiguent tous deux leur commune maîtreffe ,
Ah ! dit-elle , fouvent l'importune tendreffe !
Je les vois tour-à-tour , l'un vient quand l'autre fort ,
Le premier m'étourdit , & le dernier m'endort.

Si des livres du tems l'agréable lecture ,
Perfectionne en vous les dons de la nature ,
Par des mots bien choifis faites-vous diftinguer ,
Mais en termes enflés n'allez point haranguer ,
Loin de vous affervir aux termes de l'école ,

Rejettez l'antithese, & fuyez l'hyperbole,
Laiffez à Triffotin ce fade décevant,
Et fans êtré pedant, daignez être fçavant.

Sur-tout étudiez l'humeur de votre belle,
Soyez librt, enjoüé, trifte ou rêveur comme elle;
Imitez fes defirs & fes averfions,
Et partagez toujours fes inclinations.

Aime-t-elle à jouer, jouez par complaifance,
Mais faites voir en tout certaine indifférence,
Qui ne cherchant au jeu que ce qui divertit,
Fait gagner fans ardeur, & perdre fans dépit.

Tel eft d'un cœur bien né le noble caractere,
Mais fouvent d'un amant l'ame baffe & vulgaire,
Pour fon feul intérêt a trop d'attention,
Et d'un fimple plaifir fait une paffion.

S'il éprouve en jouant le fort moins favorable,
Maîtreffe, amis, valets, tout lui paroît coupable,
Il ne connoît plus rien, tout chez lui confondu,
Doit compte à fa fureur de fon argent perdu;
Mais auffi c'eft en vain quand fa fougue eft paffée,
Qu'il revient plus foumis voir fa belle offenfée;
Elle prend fes refpects pour des déguifemens,
Et ne croit voir en lui que des emportemens;
Jugez quelle tendreffe un tel amant infpire?
Mais quittons ce difcours qui fent trop la fatire,
Voyons par quels moyens un efprit complaifant
Se fait aimer fans peine, & plaît en amufant.

Quand il voit sa maîtresse à l'ouvrage attachée,
Comme une autre Arachné sur le métier panchée,
Former par l'union de diverses couleurs,
D'une toille étendue un parterre de fleurs,
Quoiqu'il ait pour cet art des mains encor novices,
Il doit faire valoir jusqu'aux moindres services,
Il assortit la laine, & donne de l'éclat
Au rouge trop obscur, par le vif incarnat,
Du verd sombre & riant il fait un doux mélange,
Elle prend à son tour ces couleurs qu'il lui range,
Tel d'un peintre appliqué sur un dessein nouveau
L'éleve diligent apprête le pinceau.

Ne croyez pas par là qu'un grand cœur se ravalle,
Le fils de Jupiter fila bien pour Omphalle;
Sa main accoutumée aux plus nobles travaux,
Mit bien les armes bas pour prendre les fuseaux,
Ce soin touchant la belle, elle voit avec joie,
Qu'un amant pour lui plaire innocemment s'employe,
Qu'à la voir travailler, il passe tout le jour,
Et qu'il ne l'interrompt que pour parler d'amour.

Il est mille autres soins qu'il peut encore lui rendre,
Aime-t-elle à chanter ? il brule de l'entendre.
Veut-elle être priée ? il l'a prie instament,
Et dès qu'elle commence, il la loüe hautement,
Heureux si dans cet art où sa maîtresse excelle,
Il peut la seconder, & chanter avec elle;
Elle partage alors son amoureux souci,
Et s'il dit, je vous aime, elle le dit aussi,

C'est

C'eſt par là qu'un rival chez N . . . m'inquiete ;
Il ne lui chante rien, qu'elle ne le répéte ;
Dans leurs airs l'un & l'autre font entrer leurs noms ;
Et N . . met Daphnis, où Daphnis met N . .
S'il ſe plaint des tranſports dont ſon ame eſt atteinte ;
Elle ſe ſçait bon gré d'avoir cauſé ſa plainte,
Si d'un cœur qui ſoupire, elle exprime l'ennui,
Il s'en fait tout l'honneur, & croit que c'eſt pour lui.
Soit qu'il conte aux échos ſa peine ou ſa conſtance,
Soudain elle leur fait la même confidence ;
Ce qu'on dit de concert, on le ſent quelquefois,
Et les cœurs ſont d'accord auſſi-bien que les voix ;
Pour moi de leur plaiſir ſpectateur inutile,
N'y pouvant prendre part j'en compoſe ma bile,
Et mon cœur tout enſemble, & jaloux & diſcret,
Leur applaudit tout haut, & murmure en ſecret,
Combien dans cet état, oſerai-je le dire :
Ai-je formé contr'eux de ſujets de ſatyre !
Combien de fois, jurant de ne la plus aimer,
En dépit de l'ingrate, ai-je voulu rimer !
Cependant, peu fidelle à ma vaine colere,
Oubliant preſque tout, hors le ſoin de lui plaire,
Je la revois, je l'aime, & par un doux tranſport,
Me plaignant tendrement, moins d'elle que du ſort,
Je reproche à ſon cœur, tout ce qu'a dit ſa bouche.
Peut-on chanter, dit-elle, & prendre un air farouche ?
Elle accuſe à ſon tour, mon injuſte couroux.
Peut-on aimer, lui dis-je, & n'être point jaloux ?
Elle aime à voir en moi cette délicateſſe ;
J'aime en elle le ſoin de guérir ma foibleſſe,

C

Et nos cœurs aisément de tous deux satisfaits ,
Se font tous deux la guerre , & demandent la paix.

Cet exemple d'un cœur soupçonneux , mais docile ,
De toutes mes leçons , n'est pas la moins utile ,
L'amour , sans jalousie , est presque sans ardeur ;
Trop de tranquillité , marque trop de tiédeur ,
Un peu de défiance , est souvent nécessaire ,
C'est un sel qui ragoûte au moment qu'il altere ,
La crainte , en un amant réveille les désirs ,
Et chez lui , les chagrins font naître les plaisirs.
Mais cette passion veut être ménagée ,
Rien n'appaise une belle une fois outragée ,
Et son triste dépit ne présente à ses yeux ,
Dans un amant jaloux , qu'un tyran odieux.
Un véritable amant n'a point cet air sévere ,
Il est tendre & soumis , jusques dans sa colere ,
Il sçait se radoucir , comme il sçait s'alarmer ,
Et sans se faire craindre il sçait se faire aimer.

Fin du second Chant.

CHANT III.

J Adis chez les humains la richeſſe ignorée,
Au luxe ſomptueux ne donnoit point l'entrée,
Du ſort de ſes égaux aucun n'étoit jaloux.
Les plus ſimples plaiſirs paroiſſoient les plus doux,
Prévenus des conſeils d'une heureuſe indolence,
Dans la pareſſe même ils trouvoient l'abondance,
Le lait, les fruits faiſoient leurs feſtins les plus beaux,
Ils ne verſoient jamais le ſang de leurs agneaux;
Sous un toît fait de jonc, & tiſſu de feuillage,
Ils recueilloient les fruits d'un paiſible ménage:
La Toiſon des Moutons leur donnoit des habits,
Et le gazon naiſſant leur ſervoit de tapis;
Un bouquet fait ſans art, au milieu des prairies,
Défrayoit les Bergers de leurs galanteries,
Et ce bouquet ſuivi de ſermens amoureux,
Etoit toujours payé par des momens heureux.
Mais bientôt la fortune en changemens féconde,
Vint par de faux appas ébloüir tout le monde;
Et montrant ſes tréſors ſans montrer ſes rigueurs,
Par des liens dorés, enchaîna tous les cœurs.
La volupté ſuivoit ſa compagne fidelle,
Tout prit, à ſon aſpect, une forme nouvelle,
Le pénible travail ne fit plus qu'ennuyer,
La ſévere vertu ne fit plus qu'effrayer,
Les plaiſirs trop aiſés parurent ſans amorces;

C ij

On preſſa les déſirs de leur donner des forces,
Pour éteindre la ſoif, il fallut l'exciter,
Et l'apetit mourant ſe fit reſſuſciter.
Chaque mets, revêtu d'une forme étrangere,
Perdit, par trop d'attraits, ſa douceur ordinaire,
Et le goût à changer, follement occupé,
Pour être mieux ſervi, voulut être trompé,
Enfin l'ambition de grandeur affamée,
Vient remplir l'univers d'une vaine fumée.
On reconnut ſes loix, & les cœurs corrompus
En furent enyvrés, ſans en être repus.
L'honneur fut meſuré ſur la folle dépenſe,
La fortune inégale en fit la différence,
Et ſuivant ſes bienfaits, plus ou moins prodigués,
On vit tous les humains, plus ou moins diſtingués.
A cette indigne erreur, la ſageſſe oppoſée,
Dans le monde auſſi-tôt, ſe trouva mépriſée;
La vertu ne fit plus qu'un inutile effort,
Et l'amour ſe rangea du parti le plus fort.
Alors dans un amant, la beauté, la jeuneſſe,
Le mérite, l'eſprit, la douceur, la ſageſſe,
Etalerent envain de trop ſimples appas;
On ne fut plus aimé, ſans un peu de fracas.
Il fallut pour toucher & la brune & la blonde,
Par un ſuperbe train, faire bruit dans le monde,
Etre le mieux vêtu d'entre tous ſes rivaux,
Faire plus de préſens, donner plus de cadaux,
D'une maîtreſſe, enfin l'eſtime méritée
Par des profuſions, devoit être achetée;
Et le fruit deſtiné de ſes rares attraits,

Fut de voir foupirer un amant à grands frais.

Ce tems ne dure plus dans le fiécle où nous fommes,
On rend plus de juftice au mérite des hommes,
Les belles d'aujourd'hui fçavent mieux faire un choix,
En un mot, le bon goût eft rentré dans fes droits ;
Mais entre deux amans touchant la préférence,
Quand on ne peut, d'ailleurs, trouver de différence,
Efprit, douceur, amour, quand tout paroît égal,
On panche encore toujours, vers le plus libéral.
Eh bien, par la dépenfe affurez vos conquêtes,
Autant que vous pourrez, donnez fouvent des fêtes,
A l'objet de vos vœux procurez des plaifirs,
Et fans rien épargner, prévenez fes defirs.

Aujourd'hui d'un concert régalez fes oreilles,
Demain de l'Opéra montrez-lui les merveilles,
Quelquefois, de Bacchus empruntant le fecours,
Dans un repas galant, contez-lui vos amours,
Qu'un air libre fur tout, qu'une maniére aifée,
Y faffe voir votre ame au plaifir difpofée.
Un fat, qui fçait peu vivre, & n'a jamais traité
En donnant un repas eft tout déconcerté,
Il va, vient, court, agit, fans ceffe fe tourmente,
Appelle fon valet, querelle la fervante :
A le voir agité de tant de foins divers,
On croiroit qu'il s'occupe à régir l'univers ;
L'autre à qui la dépenfe eft du moins auffi rare
Pour traiter fes amis, plus d'un an fe prépare,
Et fans ceffe, d'avance il prône ce régal,

Il fait, qu'en arrivant on y trouve un feſtin,
Ce n'eſt qu'un impromptu, mais il eſt magnifique ;
A peine eſt-on entré, qu'un concert de muſique
Se mêlant dans les airs, par mille doux accens,
Vient rendre le plaiſir commun à tous les ſens.

Tel eſt un galant homme, il ſçait de bonne grace
Etre préſent à tout, ſans que rien l'embaraſſe,
Jamais d'auprès d'Iris on ne le voit partir,
Et ſon unique ſoin eſt de la divertir ;
Si ſon cœur généreux lui veut marquer ſon zéle
Par un don magnifique, & qui ſoit digne d'elle,
Un dédaigneux refus, qu'il craint avec ſujet,
L'empêche d'imiter les offres de Pajet ;
Mais pour y parvenir, il prend d'autres meſures,
Il donne à ſes louis de nouvelles figures,
Ils prennent d'un bijou la forme ou la couleur,
Et de l'or ſeulement, retiennent la valeur,
Enſuite une gageure adroitement perdue
Fait paſſer ce préſent pour une choſe duë ;
La belle, ſans rougir, l'accepte d'un amant,
Et lui tient dans ſon cœur, compte du payement.
Au reſte, il ne faut pas toujours à ſa bergere
D'un préſent de grand prix ſe rendre tributaire,
Pour être gueux dix ans, être un mois libéral,
Et magnifiquement courir à l'Hôpital ;
Qu'il ne donne jamais, ou bien qu'il donne mal ;
Le plaiſir coute trop quand il faut tant l'attendre,
Plus agréablement Ariſte ſçait ſurprendre,
Si pour la promenade, il choiſit un Jardin,

L'amour veut de nos biens, l'ufage, & non la perte,
L'air dont on offre eft plus que n'eft la chofe offerte,
Et d'un rien quelquefois l'homage ingénieux
Plaît autant que le don d'un tréfor précieux ;
Tout préfent eft exquis quand fon heureux ufage
Amufe le beau fexe, & convient au bel âge.

D'Ovide avec plaifir on reçoit un anneau ;
De Tityre un bouquet, de Catule un moineau ;
Mais un amant verroit fon attente trompée,
Si par galanterie il offroit une épée,
Ou, fi comme Thomas il offroit à Catin
Le fcholaftique don d'une thefe en Latin.
Quiconque en fes habits aime la négligence,
D'une vaine parure aifément fe difpenfe ;
L'air négligé fied bien, & la fimplicité,
Bien loin de la détruire, augmente la beauté.

Mais à la propreté chacun eft redevable,
Souvent par elle feule on peut fe rendre aimable,
Et fit-on voir d'ailleurs un mérite éclatant,
Souvent auffi, fans elle, on devient dégoutant.
Sur-tout de ce qu'il eft que chacun fe fouvienne,
Afin qu'à fon état tout le refte convienne.
Ne montrez pas en vous par un bifarre choix,
Un Bourgeois en Marquis, un Marquis en Bourgeois;
De plus, fuivez la mode, & que fon inconftance
N'empêche point l'effet de votre obéiffance :
Il eft des nations, de qui la gravité
Ne fouffre en leurs habits nulle diverfité ;

Chez eux même figure est comme héréditaire,
L'habit du petit-fils, fut celui du grand-pere ;
Et l'usage reçu de leurs premiers ayeux,
Doit être encore transmis à leurs derniers neveux.
L'antiquité, chez nous, est bien moins vénérable,
Plus la mode est nouvelle, & plus elle est aimable ;
Une même saison la voit naître & mourir,
Succéder à soi-même, & toujours rajeunir :
Par ses dernieres lois souvent exécutée,
De ses vains partisans elle fait des Protées.

Pour plaire, il faut la suivre en tous ses changemens,
C'est une loi commune, & sur-tout aux amans.

Soyez respectueux auprès d'une maîtresse,
Ménagez sa pudeur pour gagner sa tendresse ;
De l'équivoque impur la sotte liberté,
Déplaît par sa bassesse & son obscurité :
Dans le monde autrefois on en permit l'usage ;
Mais des honnêtes gens ce n'est plus le langage.
Il devient odieux quand il est entendu,
Et quand il ne l'est pas, le fruit en est perdu.
Que dans vos actions l'honnête modestie,
Avec tous vos discours forme une sympathie ;
Et trop entreprenant dans l'espoir d'être heureux,
Ne vous érigez point en amant dangereux.

Aimez sans violence, ennemi de tout crime,
Perdez plûtôt l'amour que de perdre l'estime ;
Et ne réduisez point une belle en couroux,

A la néceffité de s'armer contre vous.
Ce n'eft pas qu'un baifer, quoiqu'Iris foit farouche;
Ne puiffe être ravi, fur fa charmante bouche :
Elle a beau vous promettre un couroux obftiné,
Le crime dans fon cœur eft déja pardonné.
Suivez ce doux tranfport, fi l'amour vous l'infpire;
Mais n'ofez faire au moins ce que je n'ofe dire,
Dit Lucrece à fon ame, épargnez les frayeurs,
Et fans les arracher méritez fes faveurs.

Mais, quoi, dira quelqu'un, pour finir mes foufffances;
Attendrai-je qu'Iris me faffe dés avances,
Accufe ma fageffe, & dife en rougiffant,
Que chez moi le refpect rend l'amour languiffant ?
Cette réflexion part d'une ame effrénée,
Qui fuppofe toujours la vertu fubornée,
Qui ne peut fe réduire à de juftes defirs,
Et fans l'aveu des fens, n'admet point de plaifirs.
Pour moi d'un pur amour je cherche les délices;
Et je n'enfeigne point la pratique des vices.
N'attendez là-deffus aucun de mes confeils,
Amant fage & difcret, j'écris pour mes pareils.

Si pourtant les faveurs d'une jeune bergere
Sont le prix des tranfports d'un amour téméraire,
Si la belle fuccombe & fe rend à fes vœux,
Qu'il fe taife du moins, c'eft tout ce que je veux :
Qu'aux dépens d'une gloire à lui feul immolée,
Sa victoire au public ne foit point révélée ;
Et content d'être heureux fans éclat & fans bruit,
Que de tout fon bonheur lui feul il foit inftruit.

D

CHANT III.

Pour vous, sages amans, dont les feux légitimes
N'ont rien qui soit contraire aux plus saines maximes ;
Aimez fidelement ; sans ce dernier avis ;
Tous les autres en vain auroient été suivis,
Sans pourtant vous borner au cœur d'une maîtresse,
Joignez d'autres devoirs à ceux de la tendresse.
Et quand Loüis, tout plein de ses nobles projets,
Contre ses ennemis armera ses sujets,
Quand parmi les dangers où sa gloire l'engage,
Vous verrez ce héros signaler son courage.
Que votre amour alors ne vous retienne pas,
Courez à la victoire & volez sur ses pas ;
Si l'absence d'Iris vous cause des allarmes,
Si le soin de vos jours lui fait verser des larmes,
Ecrivez-lui souvent pour calmer son souci,
Et l'engagez au soin de vous écrire aussi.
Et quand enfin lassé de foudroyer des têtes,
Ce vainqueur par la paix bornera ses conquêtes,
Vous vous rassûrerez par un heureux retour,
Elle de votre vie, & vous de son amour.

J'étois déja tout prêt de finir cet ouvrage,
Quand Phébus m'apperçut, & me tint ce langage.
Quoi ! tu peins des amans les agrémens divers,
Et tu ne comprens pas l'art de faire des vers ?
Sçais-tu que pour toucher une belle insensible,
Le secret des secrets est le plus infaillible ;
Et que telle à tout autre eût refusé son cœur,
Qui souvent s'est renduë au simple nom d'auteur.

CHANT III.

Oüi , de cet art divin je connois la puiſſance
Phébus ! & j'en ai fait l'heureuſe expérience.
Sur la mort de ſon chien N. . . . verſant des pleurs ;
Lut mes vers , & pour rire , oublia ſes douleurs.
Un Sonnet ſur ſa fiévre eut le don de lui plaire ;
J'en ai fait ſur ſes yeux qu'elle a lus ſans colere ;
Et le jour de ſa fête on vit mon Madrigal,
Préféré par la belle au bouquet d'un rival.

Mais je ſçai bien auſſi que par trop de franchiſe
Une Muſe trop libre offenſe & ſcandaliſe ,
D'un ſtile libertin l'uſage eſt dangereux ,
Et l'on en voit en moi l'exemple malheureux.
Hélas ! il m'en ſouvient , une pareille audace
Dans l'eſprit d'Uranie a cauſé ma diſgrace !
Sans être ſon amant , elle m'avoit permis
De me croire toujours au rang de ſes amis :
Je voyois des premiers ſes vers que l'on admire ,
Confidente des miens elle aimoit à les lire ;
Mais j'en fis par malheur d'un peu trop naturels ,
Et ſa pudeur un jour les trouva criminels ;
J'ai beau depuis ce tems m'offrir à ſa vengeance ,
La cruelle l'exerce en fuyant ma préſence.
Heureux ſi je pouvois , mourant à ſes genoux ,
Rentrer dans ſon eſtime , & calmer ſon couroux.

Sur le Code d'Amour je n'ai plus rien à dire ,
La matiere s'épuiſe , & je ſuis las d'écrire.
Puiſſe de mes conſeils le docile lecteur

Etre, en les pratiquant, plus heureux que l'Auteur.
Puisse du moins quelqu'un dire d'un ton sincere,
Je trouve en ce Poëte un tendre caractere;
On voit bien par ses vers qu'il étoit amoureux,
Et N..... eut grand tort s'il ne fut pas heureux.

F I N.

APPROBATION.

J'AI lû par ordre de Monsieur le Lieutenant Général de Police, un Poëme qui a pour titre : *Le Code des Amans*, & je crois qu'on en peut permettre l'impression. Ce 15 Juillet 1739.

CREBILLON.

Vû l'Approbation, permis d'imprimer. A Paris, ce 17 Juillet 1739.

HERAULT.

Regiſtré ſur le Regiſtre de la Communauté des Libraires & Imprimeurs de Paris, N°. 2129. conformément aux Régle-mens, & notamment à l'Arrêt de la Cour du Parlement du 3. Décembre 1705. A Paris, ce 20 Août 1739.

Signé LANGLOIS, *Syndic.*

De l'Imprimerie de Cl.-Fr. Simon, Fils, 1739.